다들 그래, 괜찮다고

다들 그래, 괜찮다고

2019년 3월 14일 초판 1쇄 인쇄
2019년 3월 14일 초판 1쇄 발행

지은이　　|신민규

인쇄　　　|예인아트

펴낸이　　|이장우
펴낸곳　　|꿈공장 플러스
출판등록　|제 406-2017-000160호
주소　　　|경기도 파주시 회동길 301 (파주출판도시)
전화　　　|010-4679-2734
팩스　　　|031-624-4527
이메일　　|ceo@dreambooks.kr
홈페이지　|www.dreambooks.kr
인스타그램|@dreambooks.ceo

ISBN | 979-11-89129-24-8

정 가 |11,500원

다들그래 • 괜찮다고

—

다들 괜찮다고 말합니다.

말하는 대로 이루어졌으면 좋겠습니다.

이야기 순서

1. 오늘도 흐림

2. 다행의 모습

오늘도 흐림

겨울

겨울이 오긴 했나 봅니다
꽁꽁 싸매도 이렇게 추운 걸 보니

그대가 떠나긴 했나 봅니다
마음에도 찬바람 드는 걸 보니

추운 몸이야 껴입으면 된다지만
시린 마음은
무엇으로 덮어야 할까요

엄마가 냄비를 태웠다

아침에 일어나 보니 집안에 매캐한 연기가 가득하다
집엔 아무도 없고 주방엔 냄비가 타고 있다
불을 끄고 연기 아래로 몸을 낮춰
엄마에게 전화를 건다
당황한 목소리, 깜빡 잊고 장을 보러 나왔다 한다
나는 창문들을 다 열고
연기가 다 빠지기도 전에 도착한 엄마
장바구니보다 한숨을 먼저 내려놓으며
 – 어쩌냐, 나도 이제 늙는가 보다
엄마는 현관에 장바구니를 둔 채로 주방에 가서
이미 열린 창문을 한 번 더 열고
냄비는 버려야 할 것 같다 말하고 방으로 들어간다
장바구니가 옆으로 쓰러진다
닫힌 방문에 대고
괜찮아 엄마, 나도 가끔 그래, 달래 보다가
딱딱한 문 너머 예상되는 슬픔을 외면하며
주방에서 엄마 대신 뒷수습을 한다
국 끓이면서 청소하다가도
정확한 시간에 간 맞추고 불 줄이던 엄마라고

어쩌다 오늘 실수한 거라고
별일 아니라는 생각을 하며 냄비를 닦다가

지워도 지워지지 않는 까맣게 타버린 자국
수도꼭지를 잠근다

집안이 온통 매캐하다
집안 모든 것들이 울고 있다

눈사람

눈이 예쁘게 내렸어요
내 그리움도 예쁠까요

미운 마음 구슬려 구슬려서
모난 부분을 지웠어요

울면 흐려지는 얼굴이 싫어서
여기서 웃고 멀리서 울었어요

달이 예쁘게 폈어요
내 그리움도 예쁠까요
괜찮아요 그리움은 며칠이면
며칠이면 녹는대요

손톱

바짝 자르고
남은 곳이
자꾸만 따끔거립니다

다 잊겠다고
그댈 다 잘라냈는데
내 마음 한구석
자꾸만 쓰라립니다

그리움만 길어지는 밤
하늘에 글썽이는 별 하나
아픈 손으로 만져봅니다

짝사랑, 접으며

원래 혼자였지만
정말 혼자가 되기 싫어서
결국 혼자로 남기로 한 밤

의문

A: 짝도 안 맞는 짝사랑 그게 어째서 사랑이야?

B: 그럼 외사랑이라고 하자
   그 사람이 알든 모르든 나 혼자 사랑하는 사랑이
   외사랑이래

A: 그럴 거면 왜 사랑을 해?

바나나 우유

너를 보려고
동아리 뒤풀이에 갔어
친구의 조언대로
바나나 우유 두 개를 샀어
하나는 어색하대
두 개 사서 하난 내가 먹으래

다 보는 곳에서 주면 부담스러울까 봐
잠깐 나오라고 했어

넌 나오지 않았어
기다려도 넌 나오지 않았지

동아리 사람들이 나와서
바나나 우유 두 개
내 뒤로 감췄어
감췄는데 한 개를 떨어뜨렸어
그게 뭐냐는 사람들 물음에
나는 집어 들고 집으로 왔어

오는 길에 바나나 우유 두 개를 다 마셨어

하나가 적당했나 봐
두 개는 너무 배불렀어

안 되는 것

샤워를 마치고

물은 모두
배수구를 빠져나간다

배수구가 한숨 크게 쉬면
남은 물까지 빠져나간다

나는 몇 달을 내내 울어도
너 하나 흘려보내지 못했는데

마음의 감기

마음의 면역력이 약한 날이 있다.

흘려듣거나 스쳐 생각하며 넘겼던 말들, 표정과 행동들이, 오늘은 아프게 마음에 담긴다. 그 사람이 만든 방문객들이, 내 마음에 펜 대신 칼로 방명록을 적고 간다. 내가서 있는 링 위에서, 마음의 컨디션은 관중들의 고려 사항이 아니기 때문에, 때린 사람의 잔혹함보다 맞는 사람의 맷집이 약함에 사람들은 야유를 보낸다. 이런 날 하필 울곳 없고 울 시간도 없어서 빽빽한 지하철에서 눈물은 안으로 곪는다.

도마

도마 위
당근을 썬다
아니 사실은
도마랑 같이 썰고 있구나

나도 모르게
힘을 더 줄 때가 있다
날카로운 말로
사람 마음에
칼집을 낼 때가 있다

도마 위 빽빽한 세로줄
내 죄는 얼마나 무성할까

한쪽이 잘린 하루

보내기 싫은 사람을 보내고 돌아오기 싫은 길을 돌아오는 길. 듣고 싶은 노래만 듣고 싶어서 이어폰을 꽂는다. 한쪽이 고장 난 이어폰. 노래는 들리는 듯 마는 듯하다. 나는 어디가 고장 나서 세상을 반절만 들으며 살았나. 내 얘기만 들으며 내 생각만 했던 날들. 보고도 지나쳤던 우는 얼굴. 미안하다고 다가가기엔 너무 나빴던 내 모습. 달라질 수 있을까. 아는 사람도 알게 될 사람도 마주치지 않길 바라며 걷는다. 살아있어서 여러 사람들에게 미안했던 하루. 달라질 수 있을까. 대답 없이 물음만 있던, 한쪽이 잘린 하루.

다른 페이지

잘못한 일의 기록과 용서를 구하는 문장은 서로 다른 페이지라는 것. 죄명이 적힌 페이지까지만 읽고 멈춘 사람은 나를 영원히 나쁜 사람으로 기억한다는 것. 그 사람이 다음 페이지까지 읽는다고 해서 내가 가련하거나 착한 사람이 될 수는 없다는 것. 그 사람이 나를 다 읽어도 나는 분명히 다른 두 소제목으로 기억된다는 것. 생각하며 걸었다. 누구에게도 읽히고 싶지 않은 밤. 가로등 아래가 창피해 빛을 피해 걸었다.

겨울을 걷다가

첫눈 내리던 거리
코트 주머니 속으로
몰래 네가 들어온 날
뜨끔 놀랐던 건 네 손이
차가워서였을까 나도 모르게
더워진 마음 때문이었을까

너 없는 오늘 또 눈은 내리고
혼자 담긴 주머니 속
들어오는 차가운 바람 한 줌
불쑥 시리고 아픈
네 생각 한 줌

장례식장에서

급작스러운 죽음이었다

도착한 화환들의
숨 고르는 소리 들으며
바쁘게 들어서는 입구

화환이 끝나는 복도 구석에
한 남자가 있다
물 밖에 던져진 물고기처럼
벽에 얼굴을 묻고 끄윽끄윽 울고 있다

죽은 사람이 훌쩍 넘어가버린 벽
산 사람이 그 너머로 던지지 못한
편지 몇 장이 기대어 젖고 있다

사람의 뒷모습은 평평해서
그제서야 적고 싶은 말이 떠오르곤 한다

외로움

외로움이 뭘까. 내가 알고 있는 '외'로 시작하는 단어는 혼자라는 뜻을 담고 있다. 외아들, 외눈박이, 외마디, 외사랑. 그럼 외로움은 혼자 울어서 외로움인 걸까. 같이 울어줄 사람 없이 혼자 우는 모습이 외로움인 걸까. 같이 울어줄 사람도 질문을 들어줄 사람도 없는 밤. 방 안은 조용한데 나 혼자만 시끄러운 밤.

슬픔의 이유

이해를 받기 위해서
슬픔의 이유를 열심히 설명해야 할 때가 있다

슬프다

가끔

바다에게도 가끔 파도가 버거운 날이 있다

외할머니

내 얼굴을 기억하지 못하셨다
자꾸만 어려지셨다

부축을 받는 모습이 자연스러워진
외할머니 뒷모습에서
어릴 때 해 주시던 하얀 밥 냄새가 나서
나는 계속 가족들 뒤에서 걸었다

고맙습니다, 말씀을 드릴 수 없었다
이 말도 외할머니한테는
너무 어려운 말이 되어버렸다

콩밥

몸에 좋다며
항상 콩밥을 해주는 엄마

비릿한 맛이 싫어
내가 죄수냐고
집이 감옥이냐고
투정 부린 밤

엄마는 잠들다 말고
깜깜한 부엌에 서서
흰쌀을 그렇게 씻었나 보다

아침상 흰쌀 흰 연기 내 밥그릇
울 엄마 가슴에 차가운 콩밥 한 그릇

이렇게 죄책감 씹히는 걸 보니
콩밥 먹어야 할 사람은 나였네

엄마가 건강검진을 받으러 갔어요

엄마가 건강검진을 받으러 갔어요

동생들도 다 나가고 없는 오후

햇빛만 남은 베란다에
오랜만에 내가 빨래를 널어요

엄마와 동생 둘 나까지
양이 은근 됩니다

바닥에 세워둔 건조대에
빨래가 빈틈없이 걸렸어요

억지로 더 널었는데
건조대 두 어깨가 축축 처져요

늦은 밤 빨래를 개던
엄마의 뒷모습처럼

졸업하고 내려온 지 몇 개월
덕분에 늘어난 빨랫감

이미 빡빡한 당신 어깨에
저를 앉히는 게
가끔은 버거웠을까요

주저앉고 싶은 마음을
겨우 말리고 있었을까요

가을이라는데
영근 것 하나 없는 주제에
눈물만 훔치는 저는

오늘
조금 늦게 마를 것 같아요

지나간 일

그때 그 일은
나를 지나가지 못한다
잊으려면
내가 그 일을 지나가야 할 뿐

하지만 아직 나는
계속 꿈에서 너를 만날 뿐이고

문자

잘 지내?
한 줄 문자를
읽는 데 며칠이 걸렸다

너와 같이 걸었던 날들은
얼마나 더 읽어야 할까

취준생 여름 나기

더운 여름날
공부하기 편한 반팔 몇 장 사러
들른 옷가게엔

작은 것부터 큰 순서로
정렬된 티셔츠
할인이 몇 번 되어서
가격표가 여러 장 붙어 있다
다음번에는 한 장 더 붙으려나

졸업한 지 몇 개월
뜯어진 달력들은 나에게 붙는다
내년이면 나는 얼마일까
나는 익을수록 고개를 숙인다

구석 할인 매대에는
끝까지 팔리지 못한 옷들이
서로를 부둥켜안고 있다

도서관으로 가는 길
새 옷을 사고
새롭지 않은 풍경을 걷는 길

졸업하고 뭘 하셨습니까
면접관이 공백의 의미를 묻는다면
나는 공백 없는 대답을 할 수 있을까

잘 모르겠다

잘 알기 위해서

도서관 빈자리에 앉는다
이런 날에 의자라도 없으면
주저앉아 버릴 것 같아서

예감

매일 하던 통화가 줄었다
어쩌다 하는 통화마다 너는
얼른 자,
라고 했다

얼른 자,
얼른 가, 로 들렸다

다
행
의

모
습

은행나무

가을에도 노란색이 있듯이
쓸쓸한 그 얼굴 한쪽에는
웃음 한 송이 피어 있겠다

조금은 담담할 것

그 사람 내리면
조금은 담담할 것

옆자릴 깨끗이 정리하고
창문 열어 그 사람 향을 날아가게 할 것

창가에 앉은 당신
날아가는 향마저 붙잡고 싶겠지만

조금은 담담할 것
향마저 날아가면
새삼 넓어진 당신의 자리를 만끽할 것
잊고 있었던 창밖의 풍경을 감상할 것

그러다 우연히
우연히 바라본 정면에서
누군가 걸어 들어오면
조용히 인사할 것
조금은 담담할 것

화가

사람과 맺는 관계는 흰 도화지에 서로 그림을 그려 나가는 것 같다. 아무것도 모르는 사이에서 조금씩 기록을 그려 나가는 일. 그런데 나는 많이 서툴다. 그르친 적이 많다. 그르치는 것이 두렵다. 그래서 흰색은 항상 설레는 색이면서 동시에 아찔하고 아득하다. 어떡하지. 망친 그림은 아프고 딱딱하지만 우리는 모두 화가로 태어났는데.

오늘 나를 내려다보는 도화지는 참 맑다. 그 사람은 배경을 푸른색으로 칠했다. 어떡하지. 또 붓을 들어도 될까. 바람 한 점 없는 날이지만 손은 너무 떨린다. 그래, 어쩌겠어. 평생 화가로 살 거라면 또 그려야지. 이번엔 잘 그려야지. 그 사람에게 닿고 싶다면 평생 예쁜 구름으로 머물러야지.

봄바람

셔츠 단추 사이사이로
봄바람이 간지럼을 태운다
그래서일까 아니면
네가 생각나서일까

자꾸 웃음이 난다
오늘도 나는 봄이다

꽃을 샀어요

꽃을 샀어요
만나러 가는 길이 허전해서

아니 그보다
꽃을 좋아한다는
그대 말이 생각나서

이럴 땐 나도
기억력이 좋은 것 같아요

그런데 요즘 날씨가
이렇게 따뜻했던가요?

봄비 내리면

비 내리면
꽃잎들 떨어진다고
너무 슬퍼하지 말아요

지금은 1막의 끝
봄비는 커튼처럼 내리고
분홍빛 배우들이
초록으로 갈아입고 있어요

초록의 들판
초록의 나무
초록의 풀, 그리고 잔디

아 참
2막에선
매앰매앰 매미들
노래도 준비되어 있어요

무대가 점점 달아오르니
외투는 이제 벗으셔도 좋아요

카페에서

너와 카페에서 공부하던 날
난 말없이 책만 보고 있었지만
사실 하나도 집중이 되질 않았었다

곁눈질로 너를 한 번씩 보고
괜히 책장만 여러 번 넘겼다

네 앞에서 네 생각만 했던 시간

투명한 유리컵 속
얼음이 녹아 미끄러지는 소리에
너를 좋아한다고
나도 모르게 말할 뻔도 했었다

워킹맘

광고 회사에서 인턴 근무를 할 때의 어느 하루.

내가 맡은 프로젝트는 대리님 한 분과 나 단둘이 팀을 이루어 진행한다. 우리는 야근을 자주 하고, 아이가 있는 대리님은 엄마가 아닌 대리님으로 하루를 더 많이 쓰신다. 오늘도 퇴근시간을 넘기며 일하는 중이고, 광고주에게 리포트 하나를 보내야 퇴근할 수 있다. 대리님은 내가 일차로 작성한 리포트를 한 줄 한 줄 꼼꼼히 체크하고 계신다.

나는 대리님의 의자 뒤에서 그 과정을 지켜보고 있다. 그때, 대리님의 핸드폰이 울리고, 전화를 받는 대리님의 손바닥에서 어린아이의 목소리가 흘러나온다.

"엄마 언제 와?" "응, 엄마 곧 갈 거야. 아빠랑 조금만 놀고 있다가 엄마랑 같이 놀자."
"엄마, 오늘 시소 타기로 했잖아." "그래, 엄마 곧 가니까 그때 시소 재밌게 타자. 알았지?" "알았어 엄마. 빨리 와."

리포트 분량이 많아 금방 갈 수 없다는 것은 나도 대리님도 알고 있다. 리포트 내용은 몇 번이나 고민해야 하지만, 아이에게는 고민 없이 거짓말을 해야 하는 대리님. 대리님은 말 없이 내가 틀린 부분을 고치고 계실 뿐이다.

"오늘 안에 못 끝내겠다. 퇴근하자. 이거 집 가서 마저 볼게."

밤 10시 45분. 우리는 회사를 빠져나온다. 내 집까지 가는 지하철 막차는 아직 남았고 대리님은 택시를 타러 가신다. 택시를 잡으러 도로변으로 걸어가시는 대리님. 아이에게 전화를 걸며 가신다. 엄마 진짜 간다고. 엄마랑 놀자고. 오늘은 많이 늦었으니까 시소는 내일 꼭 타자고. 오늘은 엄마가 동화책 읽어주겠다고. 엄마 지금 갈 테니까 꼭 기다리라고.

왼손으로 아이와 통화를 하면서, 오른손에는 무거운 노트북 가방을 들고 가시는 대리님. 나는 그 뒷모습을 가만히 바라본다. 어깨가 왼쪽으로 기울어져 있다. 해야 할 일이 무겁게 남아 있어도 아이 쪽으로 마음이 기우는 게 부모 마음이구나. 바쁨 속에서도 아이에게 시소가 되어주고 싶은 게 부모 마음이구나.

내일은 꼭 아이가 시소를 탈 수 있기를. 택시에 오르는 대리 님 뒷모습에 조용히 기도를 한다. 택시는 4차선 도로를 힘차 게 나아간다.

이해

힘들 땐 보고 싶은 사람 생각이 난다는데
그래서 오늘은 엄마 생각이 자꾸 나는가 보다

새벽까지 혼자 가게일 하시는 엄마는
그래서 매일 나한테 전화를 하셨나 보다

여름 달밤

오늘 참 덥다
걷다가 네가 말했다

너를 좋아하게 되었다
말해버리면
너무 더워지려나?

달밤에도
너와 나 얼굴에
뜨거운 해가 떴다

기념일

너에게
처음 사랑을 말했던 날
네 뽀얀 볼이
붉게 번졌다

1년 전 그날에 웃음 지으며
널 만나러 가는 길

빨리 보고 싶다
말하며 올려 본
초저녁 하늘은
붉은빛이 번지고

넌 오늘도
부끄럼이 많은가 보다

장마를 지나며

쉬어가려나 봅니다
며칠 쏟던 비가 그쳤습니다
오랜만에 창문을 열어봅니다

꿉꿉했던 마음에
선선한 바람이 안기는 밤

창문 밖 빈 길을 바라봅니다
어둠만 길게 드리워진 길

멀리에 있는 그대여

긴 장마 끝나고
선선한 바람으로 안길 그대를 기다립니다
햇살처럼 뜨거워질 사랑을 기다립니다

멀리에 있는 그대여

꽃이 어두운 밤에도

별은 노랗게 피듯이
장마 속에도 어둡고 긴 밤에도
나는 외롭지 않습니다

생일

난 이쪽으로 가면 돼 안녕, 하고서
그림자에 주저앉고 싶은 밤이 있었다

오늘은 평범한 하루였다고 다짐하면서
베개 아래 그늘이 깊던 오늘이 몇 있었다

그래도 울며 태어날 때
울음 들어주던 이 몇 있었겠고
가끔은, 울지 말라며
손 내미는 이 몇 있었다

고맙다

오늘 이렇게 야단스러워 주시니
다시 걸어야 할 이유가 생겼다

대보름

저 어렸을 때
외갓집은 동네 슈퍼를 했습니다
우리 집에서 멀지 않아 자주 놀러 갔었는데
동생들하고 가게를 뒤지며 군것질 실컷 하고 나면
외할아버지는
이놈들 때문에 장사 다 망한다 호통치시면서도
우리들 돌아갈 땐
크림빵 한두 개 꼭 쥐어주셨습니다
저에게는 맛있는 기억으로 남는 외갓집이지요

하늘에 계신지 오래인 외할아버지
오늘 우리들 생각이 나셨나 봅니다
밤하늘에 둥근 크림빵 하나 걸려있습니다

그냥

많이 다툰 날
너를 보내고
집에 돌아오는 길

집 앞에서 들어가려다 문득
돌아본 곳에 네가 서 있다

그냥……
보고 싶어서 따라왔어

그냥이라는 말을 그냥 지나칠 수 없어서
나는 너를 꼬옥 안아주었다

다행의 모습

밤하늘에 혼자 떠 있는 달
불 꺼진 내 방 창문 틈으로
한 줄기 들어오는
다행인 밤

다행은 그렇게 온다

혼자가 혼자에게
밤이 밤에게

외로운 모습으로
외로움을 달래러 온다

하얗게, 밤새, 너를 생각했던 날

예보도 없이
많이 좋아해버려서
미안해

그래도 아침에 눈 떴을 때
네가 행복해했으면 좋겠다

아침에 너에게 말해야지
밖에 봐, 눈이 이렇게 많이 내렸어

손금

지금처럼 손 꼭 잡고 걸으면
우리 손금이 같아질 날 올까요

내 소원처럼
같은 날 같은 시간에
같이 잠들 수 있을까요

소나기

우산 없는 널 데리러

우산을 쓰고 우산을 들고
우산 없는 사람들보다
더 급하게 뛰어가는 길

사랑하게 된 후로 나는
내가 채워줄 수 있는
너의 부족함에 감사하다

너 있는 곳으로 달려가는 지금
물기 없던 내 삶
너라는 단비에 젖고 있다

사랑을

우리, 사랑할 때
누가 갑이고 을인지
나누지 말자
다투지 말자

둘 다 을이 되자

나는 너만을
너는 나만을

질문

내 마음에 너는
아무런 질문 없이 들어왔다

사실 나도
딱히 할 질문이 없었고

꽃구경

벚꽃나무 아래에서
너만

유채꽃 사이에서도
너만

같이 찍은 사진에서도
너만

꽃이 핀 것도 잊고
너만 실컷 보다 온 나는
오늘 재밌었다며 활짝 웃는 너를 보며

덕분에 나도 재밌었다고
못 잊을 꽃구경이라고

머뭇거리지만

들어가도 돼?
내 마음 앞에서
너는 머뭇거리지만

사실 나는
창가에서부터 너를 기다렸단다

내일의

이유

부탁

모두가 고개를 저어도

나만큼은
나를 말리지 않았으면

취준생 귀갓길

오늘 분량의 공부를 마쳤다

준비에 정량은 없어서
도서관 마감시간을 핑계로
책상 위 흩어진 오늘을 주섬주섬 가방에 넣는다

달은 밤새 앉아 있는 걸까 서 있는 걸까
오늘 분량의 나를 검게 눕히고
내가 나를 밟으며 집으로 가는 길

별들이 글썽이는 밤
취업이 하늘의 별 따기라 하던데
텅 빈 하늘에 우린 행복하려나

채인 돌은 시야 안에서만 구른다
나는 어디쯤 구르고 있을까

아파트 주차장엔 잠든 자동차들
사이를 불 켠 자동차가 자리를 헤맨다

지상에 없는 자리는 지하에서 찾아야 한다

주차장을 넘어 쓰레기장을 넘어
나는 아파트 앞에서
검게 누운 오늘의 나를 물끄러미 보다
불 켜지는 입구로 들어가는
오늘 밤 집 오는 길
오늘을 닫는 길

사당역 계단을 오르며

퇴근길
지하철에서 내려
계단 오르는 사람들 보며는
들썩거리는 등과 어깨
흐느끼고 있는 것 같다

누구의 아버지로 어머니로
또는 누구의 이름으로 살고자
참아야 했던
눈물들

지하에서 지상으로
써 올라가는
축축한 발자국 가득한
일기

그렇게 다시

괜찮은 표정으로

각자의 출구로
또 지켜야 할 곳으로
그렇게 다들

사전

같은 것을 보아도 느낌은 서로 다르다. 각자의 언어로 각자의 감성을 말한다. 이야기를 나누며 새로운 언어를 배운다. 하나씩 한 페이지씩 나에게 쌓일 때마다 두툼해지는 마음. 오늘은 그 사람과 어떤 이야기를 할까. 어떤 길을 같이 걸을까. 그 사람의 감성 사전은 어떤 단어들 어떤 문장들 어떤 이야기들로 채워져 있을까. 마음 한쪽에 옮겨 적을 여백을 마련해 두고 집을 나선다. 내 사전도 챙겼다. 꼭 들려주고 싶은 이야기엔 밑줄을 그어 놓았다.

서로에게

빈속에 물을 마실 때처럼 우리 복잡한 생각 없이 각자를 비워 두고 서로를 맞이하자 놀라울 정도로 거리낌 없이 서로에게 빠져들자 서로에게 스며들자 목이 말랐던 예전 상태에 마음껏 감사하자

X

게을렀던 날이면
달력에 X표를 쳤다

날짜도 잊어가며 게으르던 어느 날
실수로 내일 날짜에 X표를 쳤다

정리

계획하고 다짐했던 것들을 미루고 미루다가 마음 어딘가에 쌓아 두고 살아간다. 쌓아 둔 것들이 많아 무거워진 마음. 정리가 필요한 밤. 내 방구석 행거 위에 쌓인 옷들을 정리하는 마음으로 다짐을 하나씩 열어본다. 어제의 다짐을 내일 입고 나가기 위해. 정리가 필요한 밤. 옷을 걷어내다 보면 잊고 지내던 옷을 발견하는 것처럼, 잊었던 다짐들을 통해 새로운 나를 그려보는 밤. 새 옷을 산 날처럼 내일이 기다려진다.

깨닳음

깨지고 닳으며 얻음

뿌듯

새 눈이 내린
새하얀 도화지
남들이 가지 않은 길을 밟을래

아무도 모르고
나도 모르기에
많이 두려운 걸음

이상하지
남들 발자국 크기에
나를 맞출 필요가 없어서일까
두려운 걸음이 더 편해

잘하고 있어
눈 밟는 소리마저
뿌듯 뿌듯

취준생 귀갓길(2)

그런 생각을 한 적이 있습니다.

'각자 이루고 싶은 목표를 위해 노력한 정도'가 수치로 표현되면 좋겠다는 생각. 그 수치를 통해 평가를 받고 그래서 운이 없어서 노력에 대한 보상을 받지 못한 사람들이 생기지 않았으면 좋겠다는 생각.

그러나 세상은 노력도 필요하고 재능도 필요하고 운도 필요하고 많이 필요합니다. 그래서 슬프기도 하고 한편으론 재미있기도 한 것 같습니다.

오늘은 막막했습니다. 오늘 하루가 책상 위 책 몇 권과 볼펜 몇 자루로 끝나도 될까 하는 생각이 들었습니다. 나는 뭘 했나. 오늘 잘한 게 맞는 거지? 하며 걸어온 밤이었습니다.

그렇게 오늘을 닫으며 집에 왔습니다. 내일은 또 오늘을 열어야 하겠지요. 익숙한 길이 문득 낯설 때가 있습니다. 매번 오고 가는 길이지만 오늘 밤의 길이 그랬습니다. 불안한 밤입니다. 내일 눈 뜨면 도서관 가는 길이 기억나지 않을까 봐. 영영 침대에 누워버릴까 봐.

동화 속 주인공이 길 위에 빵조각을 뿌린 것처럼, 제 마음 어딘가에서 힘이 될 만한 것들을 조금씩 떼어 오는 길에 뿌려두었습니다. 딱히 단 맛이 도는 위로는 아니어서 동화에서처럼 새들이 쪼아 먹을 일은 없을 것 같아요. 그렇게 내일은 덜 막막하기를. 내일 또 일어날 힘이 있기를. 잘 자요. 나에게. 당신에게.

후회

걱정이랑 한바탕 수다를 떨고 있었는데
후회가 방문을 열고 말했다.
방금 기회가 다녀갔다고.

평범의 경지

평범한 회사를 다니고
퇴근 후에 가족들과 평범한 식사를 하고
식사 후에 소파에 앉아서 TV를 보고
다음날 출근하는 아버지 모습이
지극히 평범하게만 느껴졌었다

나이를 먹다 보니
평범하게만 느껴졌던 아버지 모습이
평범하지 않게 느껴졌다

호수 위 잔잔히 떠 있는 오리 한 마리도
어쩌면 처절하리만치 발버둥치고 있을 테니까

여행

편한 것을 버리고
편한 것을 찾으러 가는 것

살 곳이 아닌
잘 곳을 고민해 보는 것

처음 보는 사람들에게
안녕을 묻고
떠나는 뒷모습에
편지를 써 주는 것

집 앞 나무와 똑같은 나무 앞에서
예쁘다 사진 찍는 것

나뭇잎에 걸린 햇살에 윙크를 해 보는 것

오랜만에 일기를
두 장 이상 쓰는 것

어렸을 때
책으로 울타리를 만들고
안에서 장난감이랑 놀던 것처럼
달력 위 그 날짜에 동그라미를 그리고
그날 안에서 순수함의 농도를 회복하는 것

겨울 준비

친구를 만나러 가는 길
똑같은 시집 두 권을 샀어요

당신의 겨울 준비는 어떤가요?

가끔은

저만믿으세요 보다
최선을다하겠습니다 의 손을 잡고 싶다

그 사람만 믿으면 될 것 같아서

역설

바쁘게 살수록 시간이 많아지는 역설

거리

사람 간 적정 거리가 있다
가끔 너무 다가갈 때가 있다

다짐한다
덜 떨어진 사람이 되지 말자

다 큰 애

나이를 계속 먹어도
엄마는 항상 나를 다 큰 애라고 부른다

짐

잠깐 내려놓아도 된다
내려놓지 말아야 할 것은
언제든 내려놓은 그 짐을
다시 들어 올릴 수 있다는 믿음일 뿐

휴식

물든 낙엽을 보다가
편의점에서 와인을 사고
클래식을 듣다가
영화 '클래식'을 다운받는

의식의 흐름에 물음표를 달지 않기로 한 밤

–

다들 괜찮다고 하지만 모두가 괜찮지는 않기 때문에

다행은 여러 모습으로 다가오기 때문에

다시 내일의 이유를 찾을 수 있기 때문에